빛을 기억하라고?

빗방울화석 시선 2

빛을 기억하라고?

손필영 시집

시인의 말

　서울 돈암동에서 태어나 30여 년 만에 동네를 벗어났다. 국도를 타고 가다 원주 지나 치악산고개를 넘어봤다. 영월, 태백, 고한, 만항재. 검은등뻐꾸기… 이름만 들어도 가슴이 뛴다. 통리 협곡을 울리고 가는 새소리처럼 아프게, 야생화도 누렁소도 날개 달린 빗방울도 가슴에 들어왔다. 그렇게 새로운 기운이 들어왔다.

　한밤에 본 천전리, 대곡리 암각화, 찬 공기 맞으며 올라간 태백산, 아침 햇살 따라 내려오던 백두대간의 산줄기들, 눈에 푹푹 빠지던 겨울 산늪, 내가 가장 원초적일 때 그 기운은 언제나 나를 깊이 감싸 안았다. 그 기운에 싸여 바라보던 눈발은, 새들은, 사람들은 어찌 그리 아름답던지, 그리고 나는 어찌 그리 어둡던지. 이제 나를 하나로 줄이고 싶다. 그러나 하나도 너무 많다면? 그때에도 시를 쓸 수 있을까?

2008년 봄

차례

3부

1부

초봄

버스 정류장,
막 잎 트는 단풍나무
작은 잎에 오글오글 감긴 잎들
다시 한 번 감겼다 풀어지고
벗어놓은 발자국들 먼지 속으로 흩어진다

구름 그림자 어른거리고
나도 어른거린다, 어디 먼 곳으로

여름

봄꿈만 꾸던 이들
흰 구름에 불려간 뒤
땡볕에 타던 으아리는
매미 울음에 붙어 있다

가을에

햇살 껍질 벗고
바람 낮게 흐르고
훤한 참나무 숲 속에서
상수리알 떨어진다

허공에 떠다니던 사람
허공에 기대던 빈 집들
툭툭 내려앉는다

울지 않고 날았던 새들
지상 끝으로 돌아와 운다

솔잎

팡, 유리창에 부딪히는
작고 보드라운, 주둥이 노란 새
손으로 감싸 안자 눈빛이 사라진다,
온몸에 찍히는 체온의 흔적,
새가 한 번도 날지 못한 하늘에
노을이 스친다, 아른거린다,

새를 돌려주려고 엘리베이터를 타고 내려간다,
동소문동 주위를 헤매다가 내 몸에 도는 새의 체온
이 흐르는 쪽으로 소나무 밑으로 흘러가 본다, 물소
리 같은 바람소리 들리는 숲 속 끝으로,
새를 내려놓는다, 솔잎이 내린다, 솔잎 위에 솔잎
이 내린다, 나도 내 위에 내리고, 툭, 툭, 그 위에
다시 내리는 솔잎, 솔잎

절벽 마을

엘리베이터를 타고 올라가 내려다보면 내가 있는
자리는 깎아지른 절벽, 옆집도 옆옆집도 깎아지른
절벽 위에 있다. 절벽에 구멍을 파고 살았다는 혈거
인처럼 가볍게 몇 개 전선에 실려 절벽에 올라 잠을
자고 꿈을 꾼다. 까마귀가 계곡을 가르며 빛을 뿌리
는 꿈을

한밤중 우당탕 냄비 던지는 소리에 잠을 깬다, 양
은 그릇 떨어지는 소리도 절벽에 부딪혀 찌그러지
고, 119 자동차 바퀴도 절벽 밑에서 헛바퀴만 돌다
사라진다

아침마다 우리는 절벽 위에서 절벽 위로 소리지
른다 '안녕하세요, 요즘 어떻게 지내세요? 배추값
이 너무 올랐어요' 잠시 소리로 이은 다리는 아무도
지나가지 않아도 출렁거리다 떨어진다

나는 절벽 앞에서 자신의 평지만 걷고 있었던가

(눈이 내린다, 동굴 밖은 온통 눈세상, 하얀 눈에

간혀 동굴에 갇혀 절벽 마을 사람들은 잠시 눈덩이
를 굴려 절벽 밑으로 내려간다)

나는 62년식

먼지와 구름을 뒤집어쓴 전차 종점을 배경으로
나는 제조되었나 62년식으로
돈암동 산 127번지에서 평해 자손으로
일월산 능선 한 줄기를 휘감고
나는 제조되었나 음력 일월 십삼일
광속을 꿈꾸기 위해?

(오늘은 영하 3도, 시동이 걸리지 않는다)

나는 62년식, 감정은 수동,
백미러에 먼지와 구름을 뒤집어쓴
전차 종점을 평해를 일월신을 스쳐 보낸다,
언제나 비정상 속도에 취해
최루탄 가스에 싸여 표지판도 없이
지금까지 몇만 킬로를 달려왔는가
62년식에 취해
무수히 많은 나 사이를 드나들며

나도 모르게
록과 비틀즈와 베트남과 충돌하며
아폴로 11호와 함께 달에 연착륙,
마침내 계수나무와 토끼는 사라지고
단 하나만 남는 나

　내가 왔던 곳보다 더 오랜 곳으로 가고 싶다, 지
나온 길 지나갈 길 잇고 이어 할아버지의 피가 도는
일월산 일월을 넘고 넘어

빛을 기억하라고?

1

소백산 양지 자락에서 가을까지 벌을 모으다 윙윙거리며 돌아온 벌통집 산 5-707호.

새우잡이 떠난 아버지를 기다리며 멍텅구리배에 떠 있는 708호.

하루종일 방에 들어앉아 감감 무소식을 감감 희소식으로 바꾸고 수틀마다 물소리에 야생화를 촘촘히 수놓고 벼랑 끝에 자리잡는 710호, 711호.

2

東大門에서 東小門으로 가시는 길을 아시나요. 뒷길로 벼랑을 끼고 몸 하나 간신히 빠져나가는 돌동네로 오시면 거기서 가깝습니다. 마주 오는 사람끼리 비켜서지 않고 서로 스며들면 바로 거기가 東小門洞이지요. 그곳은 해가 동네 사람 하나 하나를 다 거쳐야 산을 넘어갑니다.

제가 처음 이곳으로 왔을 때는 東小門을 들어가
지 못하고 그 문전에서 어른거렸습니다. 자전거를
타고 가는 계란 아저씨와 야쿠르트 아주머니는 서
로 스며 東小門에 들어섰습니다. 아무 일도 일어나
지 않았습니다. 자전거는 아래로 내려가고 아주머
니는 언덕을 올라가고.

두부 할아버지가 종소리를 앞세워 저쪽 골목 끝
에서 오고 있습니다. 모판에 그대로 핀 서광꽃도 종
소리에 맞춰 일렁거리고, 나도 그 소리에 맞춰 걸어
갑니다. 할아버지와 내가 서로 스며들다 보니 할아
버지의 왼쪽 가슴이 무척 밝았습니다. 아직 해를 품
고 계시군요. 어느새 나도 東小門洞 주민이 된 것일
까요. 가늘게 뻗쳐오는 황금빛 한 줄기.

3

잠들어도 시간에 쫓기는
나는 709호에 살고 있네요.
구민회관 옆 넓은 마당을 좁게 걸어 돌아오면
706-7-8호로 기울던 해가 710-11호로 줄지어 넘
어가네요.
709호는 거치지 않네요, 빛을 기억하라고, 빛을
내라고?

유리사슴 발

유리창이 되비추는 금빛 햇살로
없는 살구꽃 복숭아꽃 피우며
나는 아직 태어난 동네에서 그대로 살고 있습니다,
아파트 사이로 길 없는 전차 종점을 향해 걸어봅
니다,
길게 휘어진 나무 하나 없는 언덕,
계단을 타고 내려가는 동네,

아래로 내려서는 만큼 나는 조금씩 작아집니다,
누가 따라오는군요,
지붕 없는 집에 사는 벙어리 친구네요, 아 그 애
한테 유리사슴 발을 깨뜨렸다고 말하지 못했습니
다, 아직도요,
나는 얼마나 많은 유리사슴 발을 깨뜨리고 감춘
그 발로 놀이터를 가고 학교를 가고 교회를 가고, 설
레며 사람들을 만나왔던가요, 그 발로, 그 몸으로,

지나온 그 발, 그 발자국 하나 하나를 벗어 나오

려면

나는 얼마나 많은 유리사슴을 새로 만들어야 할까요,

그리고 새 발은?

계단을 내려서면서, 사람 사이를 걸으면서 문득 새 발 하나 놓을 수 있을까요?

인터넷 방에서 나와

"너를 사랑해"
핸드폰에 남긴 열 번째 음성을 들으며 택시를 타
고 북까페로 가는 여자 뒷모습이 뜬 마지막 화면을
지우고 인터넷 방에서 나와

땅기운이 가시는 저녁, 민통선이 스쳐 가는 월하
리, 달맞이꽃 뒤에서 잠시 풀벌레 소리에 섞여 서성
거렸습니다.

풀벌레 소리에 젖어 반딧불에 조금씩 취해 가면
내가 잊었던 길로 접어들겠지요, 그때 천전리 암각
화에 물결무늬를 띄운 사람은 누구였나요, 나이면
서 내가 아닌 그 사람은? 물결 소리를 따라 흘러가
고 싶었나요? 무수한 나와 접속하여 흐르는 피에
매듭을 주고 싶었나요? 들여다볼수록 멀어지는 눈
빛, 다시는 다시 볼 수 없는 그 사람의 눈 속에서 비
로소 절벽처럼 솟는 하늘,

헬리밥 혜성이 지나간 자리에
아프게 빛나는,
풀과 벌레가 열어놓은 허공에 기댄 채
나는 가물가물 제자리에 섰습니다.

철원평야 끝에서

검은 나뭇가지 사이를 채우는
들판 가까이
내 마음에 자리 잡는 여백 한 장

귓볼 얼은 신병의 군화, 코끝을 반짝이는
기우는 해

낮과 밤이 마주치는 한탄강을 막 휘돌면 승일교*,
절벽은 쉬지 않고 강으로 떨어지고, 남북이 다른 꿈
을 숨겼을 바위 구멍 입구에 빈 둥지 걸려 있고, 봄
기운 도는 곳에 몰려드는 돌풍, 아 어느새 내 몸에,
넓혀진 내 몸에, 살얼음이 낀다, 남북이 함께 놓쳐
버린 꿈 때문일까, 승일교를 건너자 발걸음이 흩어
지며 얼어붙는다, 흩어진 발걸음을 모으듯 협곡을
오르내리자 협곡이 언 눈 속에 피어난다, 경운기를
따라 팽팽해지는 들길

서로의 그림자 같은 그을린 고지들을 밀어내며

고봉 쌀밥처럼 철원평야가 떠오른다

* 전쟁 당시 남과 북이 반씩 놓았다고 한다.

회담

2003년 6월 DMZ

흘러온 임진강
초소 앞에 머뭇거리는 동안
뭉게구름만 떠오른다

황색군복 입은 북측 군인들
몸 드러내 놓고 판문각 계단 위에 부동자세로 서
있다

유엔측 군인들, 퀸셋 건물에 반쯤 몸 가리고
부동자세로 마주 서 있다

인공기와 태극기는
바람 부는 방향으로 함께 휘날리고

장전항

북쪽.
장전항.
복주머니에 담긴 둥그런 만.
해금강 호텔.
밤마다 사라지는 고성읍.

남쪽 사람들 사이로
짝지어 오는 나이 어린 인민군들.
잠시 돌아오는 따스한 눈빛 속에
내리꽂히는 번쩍이는 빛.

사방이 뚫린 채 사방이 막힌 밤.
함께 뚫고 막고 넘어야 할 능선과 봉우리들 첩첩.

돌아갈 데 없는 땅

추석 앞두고
누런 벼 가르는 논두렁
팥알처럼 맺혀 있는 붉은 꽃송이,

북한군 무덤* 사이를 걸어
자줏빛 갈대에 흔들리며 나는
무덤도 갈대도 빠져나온다

강아지풀 들고 뛰어다니던 아이들
메뚜기 따라 폴짝거리던 아이들
풀잎 이슬처럼 반짝이던 아이들
모두 사라지고 무명인 푯말로 돌아와
여기 외따로 잠들어 있는 그대들 남겨 두고

서걱이는 옥수숫대 위로 옮겨 앉는 까치,
임진강 바람소리,
비를 실었는지, 꿈을 실었는지
먹구름 떼 감추고 있는 하늘,

남북 어디든
돌아갈 데 없는 그대들
임시 묻힌 땅에
나는 잠시 멈춰 섰다,
마흔 가까이에, 아들 하나 낳고, 마침내

먹구름 속 빗방울 부딪치는 소리에 귀 기울인다

* 경기도 파주시 적성면 답곡리 산56번지에 있다. 1995년 조성 당시에는
  '적군묘지' 라고 불렀다.

한밤

얼음 박힌 바람 휘돌 때마다
검은 봉지 펄럭이고
쭈그러진 깡통 구른다
쓰레기봉투처럼
길 한가운데 남자가 앉아 있다
사람들은 돌부리처럼 돌아가고
자동차 달려오다 급히 멈춘다,

새끼 고양이 울음 흔들고 달려간다,
어둠 속에서 나온 개
입김으로 어둠 열고 어슬렁거린다
몸 굽힌 사람들 마지막 온기 감추며 사라진다

길 한가운데 남자가 앉아 있다
침묵만 옆에 있다

되돌아오는 돌

눈꽃이 하염없이 떨어지는 초봄,
종로에서 노동자들이 돌을 던진다,
흩어진 먼지 속에서
던진 돌 되돌아온다

던진 돌 되돌아오지 말라고
되돌아온 돌 흩어진 먼지 속으로 던진다

눈과 나무 사이
경찰들 몸싸움 하고
노동자들 끌려간다

몸 밀고 터져 나오는 봄기운
상처도 봄으로 피어나라고
눈꽃 쉬지 않고 떨어진다,

떨어진 눈꽃 다시 하얗게 녹아 흐르고
던지지 않아도 허공을 깨뜨리며 되돌아오는 돌 돌

실미도*에서

가늘고 부드러운 국사봉 능선 같은
모래금을 넘어 갯펄로 들어선다
무시 지나 일곱 매,
물 빠진 뻘밭은 칠월 햇빛에 녹아
물길도 지나온 발길도 지운다
원추리 꽃잎이 떨린다
거품 물고 부글거리는 소나무 송진
가로막는 거미줄, 산매미 날아가고
지형도 몇 장 흩어진
시멘트 계단에 꽃은 시들고
가시를 피운 해당화

아무도 없어도
누군가에게 처형되는 땅

실미도를 스쳐간 노오란 해를
은빛으로 씻으면서
파도가 서서히 왔던 곳으로 돌아간다, 수평선

* 인천시 용유동 무의도에 딸린 섬. 1971년 혹독한 훈련을 받으며 출동명
  령을 기다리던 북파공작원들이 자신들을 살해하라는 명령을 받은 기간
  병들을 살해하고 무장 탈출하지만 자폭하거나 국가에 의해 사살되었다.

후투티

전봇대를 붙들고 서 있는 후투티 두 마리,
땡볕 쏟아지는 가판대 밑으로 숨어든다,

내 시선이 멈추는 동안
마른 풀섶으로 날아간다, 후투티 두 마리,

멀리 먼지 달고 달리는 트럭 뒤로 지워지는 갯벌
잘려나간 농섬* 두들겨대는 폭격기
쿠왕 쾅 쾅
태양까지 녹아 내려 고철 덩어리들 위로 덮는다

후투티 한 마리가 후투티 한 마리를 위해
굉음도 가리려는 듯
양 날개를 활짝 편다
품속으로 그늘이 먼저 들어온다

* 매향리 앞 바다에 있는 섬, 미군의 폭격으로 반쪽만 남아 있다.

나무 안으로

인천 남동공단
빵 공장에서 온
인도네시아 청년
유리 공장에서 온 중국 청년
나무 공장에서 온 인도 청년

"저게 뭐에요?" 12월에 고향에 간다는 인도 청년
이 아이처럼 물어본다, 사람밖에 없는데,
　그가 가리키는 것은 사람이 아니다, 사람 뒤에 서
있는 품이 넉넉한 소나무
　"소나무요? 겨울에도 푸르다구요? 우리 고향에는
저 나무 같은 새도 바위노 많아요"

　그들 옆에서
우리는 새도 바위도 나무도 아니었을까?

사람 사이에 끼어드는 흙먼지를 뒤집어쓰고
그는 땡볕 속에 서 있다가

송화가루 날리는 소나무 안으로 들어간다
두 청년도 따라 들어간다 나란히
소나무 안으로, 소나무 안으로
사람들은 보이지 않고
가까이 갈수록 소나무도 보이지 않는다

뜬봉샘*

수분재에서 진흙덩이 달고
나지막한 신무산으로 오른다
잔설 덮인 새잎 피해
발끝만 보고 오른다

발 옮길 때마다 몸 기울면
옆 사람들 같이 기울고
능선에 걸린 나무들
조금씩 눈썹 가까이 내려온다

볕 바른 곳
산기운이 품고 있는 뜬봉샘
강줄기 돌돌 말은 물길에
이고 온 구름 빠뜨리며
물속을 들여다본다

몸속으로 열리는 물길
물 흐르는 대로

물 아랫마을 할머니들
아득한 손자들 모으려고
물 흐르는 대로
합수머리에 이름 없는 길 모으려고

뜬봉샘엔 새순 같은 물방울이 돋아 나온다

* 금강 발원지.

가느다란 미소

삼각산 뒷자락
눈 위에 작은 돌부리에
발자국 남기고
모두들 어딜 가고 있었다

사격장 표시 위험지역 표시 지나
언덕을 오르다 내리다, 비봉 오르는 기슭
바위에 서 있는 마애불
가느다란 미소, 도드라진 볼에 스미는 마지막 햇빛
멀리 노을 속 마을이 환하다

마을에서 걸이 온 멘 치음 남자
바위에 여자를 새겨 놓고
그 옆에 서 있다 어디로 가고
내 앞서 가던 남자도
바위에 여자를 새겨 놓고
그 옆에 서 있다 어디로 가고
나와 함께 온 사람은?

내 옆에 서 있다 바위 밑을 스쳐 가고

얼어버린 계곡, 붉은 소나무
문을 열고 나오면 눈 덮인 세상
모두 어디로 가고 있다
산은 더 높이 오르고, 더 멀리 흐르고

대성산을 내려오며

남대천 물길은 어디에서 오는가, 마을길을 찾다 오성산을 바라보다 피의 능선에서 숨이 멈춘다. 광삼평야를 얻으려고 피로써 능선을 덮어야만 했다고? 누구의 땅에서 누구를 위해 피를 흘리고 모두 사라져갔는가, 사라진 이들은 모두 물길을 따라갔는가.

아리아리 가문비나무 새순 돋려나는 길을 따라 내려온다. 아이 업고 길 떠나는 아낙 같은, 등짐 지고 피란 가는 노인네 같은, 인자한 얼굴의 미륵불 같은 바위를 바라보며 능선을 내려온다. 이 길 이대로 따라가면 내가 온 곳, 백악산 밑에 초등학교를 품은 언덕으로 이어지겠지.

핏줄처럼 흐르는 산길이 온몸을 감아든다.

타버린 길

적근산에서

　이른 봄 적근산 앞에 서면 구름 따라 둥둥 피어나는 산능선들. 마른 가지에 달랑거리는 초록빛 벌레집들, 늙은 도마뱀 하나 꼬리 흔들고 사라진다. 대성산 저 귀퉁이산은 국망봉? 일행들은 망원경을 빌려 빙빙 둘러본다. 적근산 꼭대기에선 어디를 향해도 잘라진 능선, 갈라진 길, 며칠째 불타고 있는 비무장지대, 지나온 길 다 타버리고 새움 돋는다면?

　아침리,
　더 북쪽은 아아,
　봄물 오르는 듯 푸른 아지랑이

2부

집안(集安)에서

광개토왕비
유리집에 가둬 놓고
동북공정이라고?

　왕릉만 벗어 나와도 분꽃 나팔꽃 무궁화 핀 골목
들, 울타리 너머로 수줍게 내다보는 고려인 후손들,
충청도 면소재지 변두리에 온 것 같은 나지막한 지
붕, 오이넝쿨과 유자와 조롱박 몇 덩이, 멀리 달려
가 미소만 보내는 아이들,

　그 미소 가슴에 안고
압록강가에 서면
강 건너 아이들이 손을 흔든다.

타이어 타는 냄새

백두산 자작나무 숲길을 따라
비포장도로로 들어섰다.
멧돼지 가족이 한가히
길을 건너다 누워 있는 사이

해 지기 전에
두만강에 닿으려고
흙먼지 속을 달렸다.

산천어 주려고 기다리는 이 있다고
얼굴은 몰라도 기다리는 이 있다고

덜컹거리는 차에
일렁이는 설렘을 안고
군사작전도로를 타고
조중 국경 근처에 이르렀다.

중국 공안원이

앞을 가로막았다.
타이어 타는 냄새가 훅 끼쳐왔다.

온 곳 달라도

먼 땅 가듯 돌아온 백두산

산허리를 몇 번 감아 돌면 흑풍구,
나는 가만히 야생화에 기대어 균형을 잡는다.

흰나비 안고 하얗게 흔들리는 노루귀
노란 꿀점 아롱지게 흔들리는 붓꽃

장군봉으로 몰려다니던 안개가 천지를 조금씩 풀
어낸다. 다시 천문봉을 깊숙이 품는다. 검은 현무암
박힌 모래 덩어리, 화산재 뒤집어쓴 봉우리와 능선
들, 모래도 화산재도 해발 2000미터 위에서는 바람
보다 단단하다. 온 곳 달라도 한 덩어리로 뭉치면
천지도 푸른 빛을 드러낼까

천지의 음영처럼
구름 그림자는 구름 그림자로
산 그림자는 산 그림자로 되돌아온다.

승사하를 건너며

철벽봉 아래 너덜지대에서
바위종달이가 운다, 그 소리 받아
두메양귀비 하늘거린다.
생토끼*도 도망가지 않고 울고 있다.

종덕사터 암반 밑에는 팔월에도 녹지 않은 눈
봉우리 봉우리들 쑥 올라가고
천지물막이 출렁거린다.
물가 이끼 부드럽게 스치고
천지 사방에서 풀려나와
하얗게 부서지는 우량도
발목을 타고 오르는 찬 기운
물길 한가운데 서서 잠시 나는 얼었다.

잊고 있었던 아픈 음성들이 들려온다.
사할린, 하얼빈도 다가온다.

* 백두산에는 귀도 꼬리도 짧은 다람쥐처럼 작은 우는 토끼가 있다.

상팔담*, 물빛

군사분계선 황색 팻말 옆에서?
검정고무신 신고 막사 고치던 병사 옆에서?

누가 따라온다. 금강문 지나 계곡 트이면서 안개
비에 붙어 누가 바짝 따라온다, 그는 나와 가까워지
면 물소리를 듣고 멀어지면 산길을 앞당겨 간다, 구
정봉 꼭대기에 올라앉자 그는 계곡을 내려 본다.
나무꾼의 눈으로 물을 보고 있는가?
주위의 숲들 물러나고
상팔담 네 번째
투명한 물빛만 떠오른다.

나는 물빛에서 선녀만 보고
선녀만 품어 안고
안개 속을 둥둥 떠다닌다,
바위들 피어난다,
새가 난다, 벼랑이 울린다,
가만히 안개 속에 선녀를 풀어 버린다,

그는 사람에 섞여 내려갔다
사람에 섞여 다시 올라온다.

그가 오르락내리락하는 사이
옥빛을 띠는 상팔담 물빛.

* 금강산 구룡폭포 위에 있는 여덟 개의 옥빛담. 나무꾼과 선녀의 전설이 유
  래한다.

교행

금강산 온천에서 온정각으로 가는 길
산 그림자 덮치자 바쁜 걸음
휙, 나무 사이로 스쳐가는 흰 기운
토끼인가? 바람인가?

휙, 휙,
길이 꺾이는 사거리에
무언가 어둠 속에서 재빨리 튀어나와 사라졌다.
바람도 없는 곳에서 우린
사라진 그림자의 잔상처럼 흔들리고 있었다.

실폭* 가는 길

빙폭

겨울 나무 사이를 걸어
냇가에 닿았습니다

날지 않고 징검다리로 건너가는 박새들
날지 않고 징검다리로 건너가는 잎새들

나는 네 발로 걸어서 물 건너고
두 발로 섰습니다, 그 순간
내 몸속으로 원시인이 숨어버립니다
이 아침 어딜 가시죠?
실폭 찾아갑니다
처음 듣는 사냥감이군요, 굴에 있나요?
절벽에 있습니다, 같이 가시죠

두 발로 기며 가는 길
맑은 햇살이 얼음 위에 네 발 그림자를 비칩니다

*설악산 대승폭포 맞은편에 있는 폭이 작은 폭포. 얼면 실타래 같아서 실
 폭이라 한다. 한계령 일대 빙폭 중 가장 먼저 얼고 가장 늦게 녹아 빙폭
 등반 실습장으로 쓰인다.

태백산으로

　새소리에 빛이 흐르는군요. 각진 돌 각지게 검은 돌 검게 밟고 가는 새벽, 돌길을 걸을수록 발바닥이 환해집니다. 낙엽송 사잇길로 접어들면 허리까지 차오르는 산기운, 오늘은 이상하게도 내가 지나온 발자국이 다시 앞에 놓입니다. 지나온 발자국에 새로 발자국을 찍을 때 새소리도 중창으로 들립니다. 나뭇잎은 어린 가지에 달려 연초록빛을 흔들고, 석회암 암반 밑을 흐르는 물줄기를 찾아 능선을 넘어가는 마른 물소리. 주목 군락지에 들어서자 찬바람이 부는군요. 제 속을 비워 껍질을 만들어 그 껍질로 버티는 주목 때문일까요, 속도 껍질도 없는 저 때문일까요. 다람쥐가 드나드는 주목 속으로 들어가 앉으니 훈훈하군요. 서두르지 말라고 하는군요. 이 지상에서 오래 살면 인간도 식물도 모두 성을 벗어나는 것일까요. 산이 성큼 다가와 있군요.

　봉우리는 산자락을 거느리고 함백산으로 올라가 있고 밋밋한 능선엔 앉은뱅이 철쭉천지. 산봉우리를 향해 가려면 온 길을 다시 내려가야 하고 꽃봉오

리를 향해 가려면 기다려야 하는군요. 자, 기다리면
서 내려갈까요, 태백산으로.

검은등뻐꾸기

태백으로 가는 길을 미뤄 두고
길 잘든 산판길로 들어서면 봄,
산모퉁이에 피는 연초록빛에 실려
더 내리지도 오르지도 않는
내 몸 네 마음이 둥둥 떠가는
고원 위의 높은 길

내가 살아온 길보다 높은 길
두 길을 동시에 걸어가는 한낮,
돌길 공터엔 산사태를 옆에 두고 따거운 봄볕에
젊은 기사와 함께 잠이 든 포크레인,
멀리 능선과 능선이 만나는 곳에서는
지평선이 굽이치고 있다,

검은등뻐꾸기 울음소리에 불려
길은 아래로 내려간다,
산마을엔 나지막한 집, 집같이
폐광 갱목더미가 쌓여 있고

비탈진 길가
　자장율사 지팡이에 돋아난 푸른 가시잎을 보는
큰스님,

　큰스님과 나 사이를 무한히 벌리며
　정암사 목탁소리를 따라 어허 어허
　검은등뻐꾸기가 운다.

지하 8천 미터*에서 뜨는 무지개

폐광 소문이 돌 때 막장을 나와
빈 사택 한 구석에 세탁소를 차린 배씨.
지하 8천 미터 탄차를 밀던 손으로
다리미를 민다, 구겨진 제 가슴은 옷가지와 함께
뭉쳐 놓고
낯선 바지 가랑이를 지나 푹 꺼진 엉덩이를 지나
허리춤에 이른다, 물 한 모금 물고
지하의 숨과 꿈을 몰아 바지 끝을 향해 푸우푸 물
을 뿜으면
무지개,
어둠 속에서도 지지 않고
보얗게 피는 그 무지개로 바지 날을 세운다.

피재를 넘어온 바람은
세탁소 간판을 흔들고, 재우고 재워도 배씨를 흔
들고
골골 줄 끊어진 전신주와 전신주 사이에 팽팽히
걸린다,

　폐광촌을 떠났던 곤줄박이가 일제히 바람줄에 날
아 앉다 곤두박질한다, 빨래 널던 배씨는 잠시 기울
어진다, 새 떼만 날린다.

　뒷골목에 언덕에 온통 분칠을 하고
마을 귀퉁이를 살짝 돌아간 사택 여인,
시커먼 산 그림자에 쫓기며
발자국 사이사이 숨은 팔자걸음도 남겨 두고
오십천으로 낙동강으로 협곡 물줄기를 타고 갔
을까.
달아난 여인 같은 야생화 강렬히 피어나고
검은 물 위에 넘쳐흐르는 섬은 물 위로
실낱같이 흘러드는 물가에
푸르르릇 돋는 이끼,

배씨는
어두워 가는 동네를 한 바퀴 돌아
평상에 앉는다, 사람이 보이지 않는

옆집, 옆옆집.
멀리 운동장에는 몇몇 아이들이
철봉에 거꾸로 매달려 동네를 보고 있다.
아이들 동네에는 아득히 초원이 흐르고 구름이
뭉클 피어오르고,
떠난 아이들은 모두 거기 모여 살고 있을까,
아이들 동네를 불러올 날을 기다리며
배씨는 평상을 넓히며 걷고 걷는다.

도화동*

현동에서 아는 이름 하나하나 떠올리며
고로쇠 물 마시고 쇠똥 따라 걷는 골짝길
물 없는 곳에서 언 발 빠뜨리고 김시습을 지나
아무 소리도 들리지 않는 곳에서 최치원을 지나
내가 아주 지워진 곳에서 푸르러지는 햇살,

도화동에 남은 것은
흘러내린 돌담, 이끼 낀 장화 한 짝

도화빛만 흰구름에 새겨 두고
땅 위에 떠 있는 물, 물소리

* 경상북도 봉하군 소천면 현동리에서 태백산(백두대간) 방면으로 오르는
  산기슭에 한때 있었던 화전민 마을.

소백산 초원

백두대간을 타고 가다
소백산 정상에서 잠시
쉬었습니다, 온 길을 잃었기
때문인가요? 초원 때문인가요?
정상을 향해 올라온 사람들은
다 올라와서도
산 위의 산을 향해 서 있습니다.

나는 초원에 가슴을 맞춰 누웠습니다.
평지보다 더 낮은 초원
쿵쿵쿵 울려오는 저 소리는 누구의 소리인가요?
초원 위에서 구르는 사람들은 어느덧 하나하나
작은 소년이 되어 나도바람꽃을
둘러싸고 앉습니다.
하얀 잎에 숨어 노래할 때마다
소년 속에서 너도바람꽃이 피어나고
구름 그늘 속에 흔들리며 가벼이 뜨고 있습니다.

나도 떠오르네요,
1314△ 1394△ 1440△ 1421△
흩어져 있던 봉우리들이
이름을 갖고 한줄기로 모이네요, 도솔봉 연화봉
비로봉 국망봉
오늘은 마의태자의 국망봉이
비로봉보다 높이 솟아 있네요.

백두대간이 국망봉을 굽이굽이 감싸 안고 굽이칩
니다.

고요해지는 능선

옥석봉에서

소백산 초원 바람 타고
북으로 오르던 사람들이
숨 고르던 박달령

갈라진 능선들 흔적 없이 지우는
거제수나무, 물푸레나무
나무 사이로 내려온
햇빛은 그대로 고여 있다,
빛에 잠긴 나무는
새를 꿈꾸는가
새소리 들리는 곳으로 기울어 있다

새와 나무와 빛에 잠겨 고요해지는 능선

(핏내 남기고 간 발자국 디디고
누가 지나갔던 것일까?)

언 봉우리

육십령에서

무룡계곡 눈발에 쓰러진 그녀를 처음 봤다구요?
온 겨울 산을 넘나든 시커먼 얼굴, 얼어 터진 손발,
그녀를 본 순간 심장이 멎는 것 같았다구요?

당신은 백야전 전투 중대장*,
그녀를 들쳐 업고 내려가도 되는 건가요?
빨치산을 빼돌린 죄로 체포 되었다고요?
겨우 살려 논 그녀도 방첩대에 끌려 갔다구요?
그녀가 당신을 위해 스스로 목숨을 끊었다구요?
그래서 당신도?

 육십령에 오르면 바람보다 빨리 다가오는 사람
들, 보이지 않아도 사람들은 할미봉을 향하면서 계
속 묻는다, 간혹 올라오는 칼바람, 진달래 봉우리가
비쭉이 올라와 망설이다 얼음눈에 잠긴다, 장수 지
나 뻘로 넘어가는 붉은 해는 할미봉 꼭대기를 돌고
있다, 아직 할 말이 남았느냐면서 우릴 기다리고 있
다, 마지막 빛에 눈이 부시다

* 1951년 12월, 무룡계곡에서 빨치산 토벌을 나선 백야전 전투 사령부 중
  대장인 김대위(24살)가 빨치산 오양수(20살)를 만났다(백야전 전투 사령
  부 백선엽 장군의 『실록지리산』에서).

왕등재늪 1

지리산 끝자락 왕등재, 잘금잘금 흘러나와 몸에
감기는 물줄기, 원시림까지 내려갔다 올라오는 부
드러운 이탄층, 벌 나비 없어도 늪가에서 두근거리
는 산부추

물소리 끊어진 곳에서 잎 흔들던 바람은
산등을 넘으면서 새소리를, 날갯짓을
늪에 새기고 간다, 꽃구름 옆에
아기 손톱보다 작은 고추잠자리 날고
더 작은 물방개 뜨고
도시에서 따라온 큰 그림자 늪을 덮는다

자연

왕등재늪 2

봄이 왔다, 봄이 온 줄 모르고
늪에 누워있던 산토끼 튀어나간다
그 자리에 나도 누워본다
온기에 싸여 밑으로
밑으로 내려앉는 몸
늪 속에 잠긴 오랜 봄볕
땅기운 되돌아온다, 손끝 발끝을 타고

바람이 흐르기 시작한다
눈빛 부드러워지고
내 어딘가에서 물소리 들려온다

용늪*

여름 늪은 사초와 오이풀 냄새로 푸르게 흔들리고
천지 빛 담은 비로용담 한 줄기 수평선처럼 향기
롭다
바람 불 때마다 늪은 쏴아 나를 밀어낸다,

흙바람 따가운 기운,
돌아가라고 소리친다,

바람으로 흙으로 빚어지라고?
순결한 입김을 가져보라고?
한 인간을 만나보라고?

자연인으로 돌아가고 돌아가도
늪은 쏴아 나를 밀어낸다

* 양구 대암산에 있는 산늪. 해발 1280미터로 남한에서는 가장 높은 곳에
  위치하고 있다.

단조늪*

  산은 산대로 안개는 안개대로 고원으로 올라간
다, 앞선 발걸음에 발걸음 울려 가는 고원, 바람은
초록빛 이슬을 초원에 문지르고 고원길로 들어선
다, 내 뒤에서 더 높이 뜨는 산, 산, 잠시 뭉친 생각
들 잠기다 다시 솟구친다, 내 봉우리는 늪에?

  갓 핀 억새풀 물살 지어 찰랑찰랑, 내 몸에 찼다
가 가라앉아 얕고 깊어지는 늪, 빛이 흐른다, 물이
흐른다, 길 없이 모두들 시원으로 돌아갈 때 물땡땡
이 찍어 한결 투명해지는 늪,

  안개 바람 쓰고
  늪에 흘러온 그대들은?
  물봉선? 설앵초? 흰제비난? 황새풀?

---

* 신불산에서 영취(축)산에 걸쳐 있는 신불평원에 있는 산늪.

천성산 늪*에서

골 돌아 골
나무 돌아 나무
안개에 잠기면서
나무 아래만 보고 걸었다
오를수록 높아지는 천성산,

화엄벌로 들어간 길은
토탄층에 빠져 나오질 않고
억새 흔들리는 소리만
마당바위를 들락거린다

살얼음 낀 양수막엔
숨 돋우는 도롱뇽 알,
물 돌고 피 돌기 전에
나도 늪에 맺힌다,
얼음 붙은 채
바람이 순을 튼다

* 경상남도 양산 천성산에 있는 산늪. 원효대사가 이곳에서 당나라 스님 천여 명
  에게 화엄경을 설법했다고 한다.

우포늪[*]에서

녹색 물띠 두른 우포늪
줄풀은 벼같이 뻗어 오르고
가시연꽃도 붉은 꽃대 뻗치고

스치듯 솟을 듯 날아다니는 잠자리 따라
들썩이는 녹색 기운을 쓰고
목포늪과 우포늪 사이에 앉으면
와글거리는 생이나물에 녹색 개구리,
둑길을 향해 날름거리는 녹색 뱀,

늪에 빠지지 않아도 늪이 머리끝까지 차오른다,
공기주머니로 떠 있는 마름 밑으로 순채 밑으로 노
란 꽃 밀어 올리는 통발 가까이 내려간다, 통발 주
머니에 갇혀 깨어보지 못한 애벌레들, 나는 반딧불
이 유충도 되지 못한 채 내려온 그대로 수면으로 얼
굴을 내민다, '푸아'

나는 풀섶에 엎드린다,

바람이 분다, 풀이 흔들린다,

풀섶에 누가 앉는다, 내 위에
무엇이 깔아뭉개지는 줄도 모르고
누가 앉아 무심히 콧노래를 부른다.

* 경상남도 창녕군에 있는 늪으로 1억 4천만 년 전 한반도가 형성될 때
만들어졌다 한다. 우포늪, 목포늪, 시지포, 쪽지벌 등 4개의 늪으로 이루
어져 있다.

빗방울화석

장재 마을 입구 지나
다리 건너 목포늪 끼고
왼쪽으로 돌아들면
후두둑 쏟아지는 빗줄기

빗줄기는 바람에 부딪칠 때마다
맨땅을 휩쓰는 작은 물결 따라
땅껍질에 콕콕 박혀 안개 피워냅니다

비안개에 싸여 나는 어디를 가고 있나요, 개천이
보이는군요, 물이 많이 불었습니다, 아 그 아이, 거
리를 돌다 군인들에게 쫓겨 개천에 빠져 죽은 아이,
1980년이었나요? 부랑아 청소 작전이 한창이던 때
였던가요? 나는 그해 한 친구를 잃었습니다, 태어
날 때부터 다리를 절던 친구였습니다, 그 아이는 짧
은 다리 때문에 어깨를 흔들며 걷는 것밖에 죄가 없
었습니다
　친구가 죽고 얼마 안 되어 도봉산 근처 그 아이의

동네에 가 보았습니다, 사거리 가운데 섬처럼 동그
란 길이 있었습니다, 아마 나무도 풀꽃도 벤치도 있
었겠지만 그때 나에게는 끝없이 돌고 도는 길만 있
었습니다, 꿈도 없이 길을 걸었습니다, 동그란 길만
수없이 돌았습니다, 비를 맞으며 어디서 오는지 모
르는 수없이 많은 나와 나 사이에 나는 있다 없다
했습니다,

　비가 내렸습니다, 내가 있으면 바람 불고 빗줄기
휘어지고 내가 없으면 형상을 알아볼 수 없는 시간
만, 단층만, 남았습니다, 아직도 나는 거기에 흐르
고 있습니다

　살지 않았어도 산 듯 살아 있는 빗방울

　풀잎에서 풀잎으로
　빗줄기 타고
　굴러 내리는 그대,

내 땅에 내려
방울방울 자리 잡으면
나도 잠시 흘러보겠습니다

창녕 술정리 동 삼층석탑

골목 안 석탑
3층 옥개석 따라
금빛 감춘 정적
줄줄이 서 있고
정적에 걸려 있는 빨래 바람에 날린다

아이들 소리 팽팽히 감겼다가 풀리는 사이
물 퍼붓는 소리에 참새 기웃거리고

골목에서 나온 아주머니가 탑을 돌고 돈다, 탑을
돌고 돌아 물을 긷는다, 호박꽃에 장다리꽃에 물을
준다, 그 옆에 휘청거리는 정적에도 물을 준다, 노
란 꽃 노란 향기 자욱한 골목안, 아이들이 노랗게
물들어 흐른다,

골목 끝에 트럭 세운 운전사도
탑을 돌고 돌아 물을 긷고,
마주 오는 봉고차에 마주 얼굴 대고

보일 듯 말 듯한 미소에
물 한 바가지 건낸다, 노란빛 번진다

나도 한낮에 탑을 돌고 돌아
물을 길으면 메마른 땅
내 어딘가에 날개 달린 풀씨라도 자랄까

3부

벌 아이

송이송이 매달린 흰 접시꽃처럼
골목마다 작은 방 맺혀 있는 곳
대구의 동쪽 끝 변두리로 벗어 나온 여자,
쏟아지는 땡볕 속에
아기 낳을 방을 찾아
전봇대 광고지를 읽고 있다,

방에서 골목으로, 부엌에서 골목으로,
사방에서 튀어나오는 아이들,
땜장이 옹기장수 손길에 윤기 나는 아이들,

쉴 새 없이 골목을 끌고 가도 도르르 골목이 굴러
온다,

그녀는 돌고 도는 골목을 다시 더듬는다, 골목길
을 꺾어 돌아 다락방으로 올라간다, 고요하다, 바람
이 분다, 우우 아이들이 쏟아져 나온다, 골목으로
빛이 획 불어왔다 나간다, 해 안 들어도 그녀의 아

이 그 빛 받아 벌로 나갈까

　아이들이 키우는 벌 아이
　별과 흙과 바람이 기다리는 벌 아이

뭘 보라고?

얼음 비늘 낀 계곡
사사자 석탑*을 보라고,
입 벌린 모습이 모두 다르다고
각황전 앞 석등을 보라고,
동양에서 제일 큰 석등이라고
국보, 보물을 보라고

뭘 보라고?
아이는 달려가다 뒤 돌아서서 되묻는다

발 밑에 자박대는 얼음 조각 차지 말고
겨울 바람에 잎 떨구고 마른 나무에 도는
연보랏빛 숨기운 보라고?

언 햇살 반짝이고 잔설 밑 땅기운 꿈틀거리고
절 마당 단풍나무도 소리소리 지른다
아이의 잠바 펄럭이는 대로 땅속 풀들 일어선다

* 지라산 화엄사에 있는 사자사 삼층석탑(국보 35호).

다리

아들에게

이 다리
반은 모래 다리고
반은 구멍 뚫린 뽕뽕 다리네
풀뿌리도 흐르다 말고 걸려 있네
물살 그림자 이끼 낀 곳에
피라미 떼도 보이네

이 다리는 출렁 다리야
네가 떨고 있으면 내가 흔들리고
네가 발끝에 힘주면 나는 균형 잡고
네가 흐르면 나도 따라 흐른단다

온 몸 세워 멀리 바라보고
깊은 숨 몰아 다릴 건너가자,
네 뭉게구름 떠오를 때
나는 미루나무에 기대어 꿈꾸고 싶다

얼음 구멍

강 꽝꽝 언 날, 빙어 축제에 따라 갔네.
노인들은 얼음 구멍 내고 먼 산 바라보다
쌀알 같은 구더기에 빙어들이 줄줄이 올려지면
잎 굴러가는 강바람에 입 씻었네.

눈발 속에 널뛰는 은빛 아이들은
막 구멍 뚫린 하늘을 향해 솟구치고,
우린 눈송이 인 채 어린 시절 깜 깜 깜
잊혀진 데까지 오르락내리락 출렁거렸네.
엿장수 가위질, 네 박자 소리
둥그렇게 흩어졌다 얼음판에 엿가래처럼 쌓이는
동안
빙어 한 마리 물밴 발자국 틈에서 팔딱거리다
얼음 구멍 속으로 뛰어들며 소리쳤네,

"얼음 밑을 들여다봐요,
그대의 놀란 눈빛에 찰랑거리는 물결을,
그 물결 타고 생명의 소리 모아 오는 은빛 고기 떼를"

현리

아침해 뜨자 눈발이 벌 떼처럼 몰려와 햇살을 가
린다. 찢어진 고무 다라이에서 눈살 찌푸리며 떨고
있는 누렁이, 줄에 매인 채 혓바닥으로 빈 그릇 돌
려돌려 김 내며 핥는다. 바람은 한밤처럼 불고 주인
은 며칠째 돌아오지 않고, 길도 돌아오지 않고, 굽
이굽이

흐르는 물도 웅크리면 얼어버리는 현리.

흰 구름 놓치고 피어나는 꽃

산이슬 젖은 눈빛승마,
흙 밀고 나오는 애기앉은부채,
그 꽃이 그 꽃 같은 궁궁이, 어수리,

동네 아이 이름 부르듯 꽃 이름을 불러본다, 계곡
따라 올라가며 풀꽃에 이름 붙였다 떼는 사이 풀꽃
은 풀꽃대로 이름은 이름대로 피고 진다, 물길 흐르
다 숨어들다 끊긴 곳에서 바람에 끌려 올라서면 흩
어졌던 꽃들이 잎 하나 흘리지 않고 먼저 올라와 환
하게 맞이한다,

은빛 껍질 벗는 거제수 옆에 저 꽃은?
꿈꾸는 듯 마구 번져가는 저 꽃은?

강선골 물줄기 잡고 곰배령에 올라
흰 구름 놓치고
놓치고 두둥실 피어나는 저 꽃들은?

참새 떼를 기다리며

1

경상북도 봉화군
정 들어야 길이 보이는 곳

씨나락 널린 멍석 따라 물길을 거슬러 올라가면
물이 지워진 곳에 새 하나 날아들지 않는 참새골이
있다. 골 끝머리엔 북쪽으로 기울어져 가는 초막집,
할아버지는 마을에서 가장 멀리 솟아 있는 붉은 소
나무 밑으로 송이버섯을 따러 가 돌아오지 않고, 영
주에 사는 아들은 십 년째 참새골로 돌아오고 있고.

묵은 배추밭엔 바람에 두들겨 맞는 들깨
잡풀로 기워진 고무신
쟁기날에 빛나던 웃음은 마른 흙에 이겨 붙어 부
스러지고
마을길은 다 끊어져 물길을 따라 흐르고 흐른다.

2

춘양면 애당리
태양고추에 타는 햇볕

할아버지가 돌아온 뒤 뒤란엔 까치가 머뭇머뭇
날아들고, 윤기 흐르는 물소리, 할아버지는 마루 밑
에서 녹슨 연장을 꺼내어 날 세우고, 쓰러진 허수아
비도 툭툭 털어 세워 놓는다. 길 건너 사과밭에서
흘러드는 아이들의 발그레한 웃음소리가 긴 골을
흔들어 깨운다.

훈훈한 공기에 싸여
저 아래 비늘을 반짝이며 물고기는 오르고
머지않아 돌연 참새 떼가 몰려오리라,
영주에서 오는 아들을 앞세우고.

물돌이동*

바람이 길 내자
벼 굽이쳐 간다

마을은 비어 있고
사람 소리만 들려온다
갓 태어난 송아지
흰 주둥이에
향기 내미는 치자꽃

소리 흐르는 곳에서
흰 구름 오른다

* 경북 예천군 용궁면에 있다. 회룡포라고도 한다.

언 바람 속

새들이 쪼아 먹은 홍시에 노을빛 모두 배어들고
쌍계사 입구를 스치는 물소리 점점 커질 때
하동으로 흘러가다 섬진강 줄기를 타고 거슬러
거슬러온 아주머니들이 언덕에 좌판을 벌이고
있다,
곶감 쑥엿 반 발효차 그 옆 어디선가
가뭄 탄 손이 내 옷깃을 잡아끈다, 끌릴수록 지워
져 가는 손끝,
순간 내 허리춤에 달고 온 섬진강 한 자락이 찢어
진다,

강가 바랜 대숲에서는
스스스스 스스스스
섬진강이 우리를 관통하며
언 바람 속에서 흐르기 시작한다.

되새

기운 햇살 등에 걸고
하동 들녘 감싼 능선마다
뭉클뭉클 쏟아지는 되새 떼,

대숲 위에서 수천 마리가
겹겹 날면서 회오리 춤을 춘다.
하늘을 동쪽 끝까지 기울이다가
날개를 틀어 하늘을 뒤집은
되새 떼가 대숲으로 떨어진다.

바람 하나 없이 댓잎이 흔들리고 휘청거리고
물 한 잎 없이 하동 들녘이 젖는다.
쏴아 쏴아 쏴아
사람에 쫓겨 지리산 기슭을 헤매던
마지막 새 떼가 깃을 치자 어둠 속에서
대숲이 은빛으로 출렁거린다.

來蘇寺에서 來來蘇寺로 가는 길

내소사 가는 길은 전나무 향기가 차게
환하다. 전나무인지 잣나무인지 껍질만 보고
걸었다. 생각이 몰려와 휘돌아가는 동네의 끝
누가 막 절을 벗어 놓았다.

나도 나를 벗어 포개어 본다
높이를 감춘 절벽이 수없이
떨어지고, 피어나고,

來來蘇寺는
來蘇寺에?
내 가슴과 네 가슴이 맞닿는 곳에?

끝없이 번지는 소리향,
전나무와 잣나무 사이를 길도 없이 걸어 나왔다.
개펄에 웅크린 마른 등 위로 떨어지는 저녁 햇빛,
그 빛에 떨며 명새가 운다.

지나온 무수한 나와 전나무와 잣나무가 저 멀리
하나로 솟아 있다.

탑돌이

정처 없는 사람 따라
파도 휩쓸려간 사이
물띠 두른 모래 구릉으로
갯메꽃 더듬어 올라가고
산새 울음 쌓여가고
불 밝힐 곳 찾아
반딧불이 한 마리 빙빙빙 돈다

향일암 바람

계단 올라설 때마다
날아오는 붉은 잎,

잎 이끄는 대로 시간이 가고 잎 이끄는 대로 바위
틈 지나 암자 앞에 선다,

(젊은 여자, 서성인다, 독경소리, 동굴, 독경 소
리, 절벽, 독경 소리, 아, 파도)

젊은 여자, 바람 타고 기도한다,
구름에서 바람에서 한 영혼이 내린다,
암자가 밝아진다

바다가 탁 수평을 잡는다

일연선사초

초봄 햇빛에 열리는 들길 따라 한기 돌던 새집에
도 물기 오른다, 지팡이 짚고 華山 물줄기 거스르면
물길 숨어 흐르는 산길. 짧은 숨 몰고 허리 숙인 할
미꽃에 감긴다, 뒤돌아보면 가파른 길도 쉽게 오르
고 혼자 걸어도 어머니가 등 뒤에 계신다, 어머니,
절벽 뒤 고랑에서 빈 그릇처럼 가벼우시던 어머니,
먼 먼 날 일인지 엊그제의 일인지 내가 海平으로 떠
나던 날도 머리 깎고 진전사에서 처음 입문하던 날
도 등 뒤에 서 계시던 어머니,

오늘은 두 물줄기 만나는 산봉우리에서 빛을 보
시는 어머니
먼지 바람에도 봄은 가득 차고
봉우리를 향해 합장하고 돌아서니
물 먼저 흐르고
뒤에 계시던 어머니 앞장 서 계신다
뗏줄에 매인 듯 난 뒤따라간다
물길 사라진 자리, 할미꽃 피었던 자리

구멍 깊이 파이고 연기 오른다

우주는 인도 연도 없는 마음이라
어머니는 등 뒤에 옆에 앞에
가깝기도 많기도 하여라
살아 숨쉬는 미물이 미물을 안고
어머니를 따라 땅속으로
꿈속으로 들어갈 날 가까워지고 있다
행복하여라, 가까워지고 있다

미소

물 한 방울 기우는 싸리잎
물 한 방울 넘치는 새 소리

한낮에 방탱이 이고
아낙네 따라가는 태백산 긴 고랑길

나는 흐르고 흐르고

영월 정선 떠돌다
허리 구부정해진 노인은
주천강에 이르러
마애불의 미소에 스민다.

잎이 진다.
소리가 진다.

검룡소*를 찾아서

내가 온 길
갈 길 넘어 피재,

묵은 밭에 햇볕 가물거리다 가고
물줄기 감아 올리는 먼 산 새소리들

벽 뚫린 바람집
기울어진 툇마루

물길과 흙길은 나란히 올라가다
밑둥만 남은 나무뿌리에서 섞이고
나무를 기억하듯
수직으로 피어 올라가는 버섯

문득 마음 고요해지는 곳에
구불구불 초록 이끼 두른 검룡소

누가 막 수막을 두드렸을까?

달아오른 땅을 뚫고
푸른 물줄기를 터뜨렸을까?

나도 첫 숨에 산기운 품고
갈 수 있는 데까지 달리고 싶다,

* 한강 발원지.

나무 밑 방

나무 밑으로 내리는 햇살을 타고
나무 밑으로 잎이 몰린다

나무 밑을 걸어서
그대는 먼저 눈 내리는 마을로 가고
나는 잎 밑으로 들어가 잠을 잔다

바람이 분다, 서릿발이 올라온다
잠자리가 들썩거린다,
별빛이 흔들린다,

초봄 오기 전에
작은 풀씨로 깨어나라고
가던 바람 다시 와 불고
가던 길 다시 와 기다리고

봄의 소리

가는 비에
붉은 동백 툭 툭
굳은 땅 두드린다

소리 번지는 곳마다
소리 타고 올라오는 새싹들
빗방울 터뜨리며
톡 톡 톡 피어난다

노을

바지락은 갯벌보다 빨리 타들어 가고 물골에 나
온 밤게와 함께 갯가 아이들이 잡아당겼다 놓아버
린 수평선은 바라볼수록 가물거린다.

밀물에 밀려
아이들 돌아간 자리에
모래집 하나
창이 없어도 노을이 비쳐 나온다.

노을 받은 파도가
밤새 절벽을 부딪치다가
먼 바다로 나간다.

폼페이의 어느 날

나폴리의 낡고 찢어진 해안을 지나 폼페이에 왔
습니다
여름 안개 뒤로 베스비우 화산도 보입니다
해안에서 올라가는 옛 도로는 닳고 닳아 미끄럽
기까지 했습니다

그날도 시장에서는 지중해 빛 닮은 생선이 팔딱
거리고
꿈을 펴듯 아이들의 맑은 노랫소리 골목을 타고
오르고
빵집 구수한 냄새는 모퉁이를 돌고 돌아 번져갔
습니다

그날도 어머니는 딸아이의 머리를 빗겼고
공부 안 하는 아들놈에게 잔소리했고
갓난쟁이에게 젖을 물렸고
밀린 세금을 걱정했습니다
제우스의 신상도 헤라의 집도

눈물 마를 날이 없었습니다

사람들은 가을에 있을 선거 준비를 했고
새 옷 해 입으려고 포목점에 갔고
쇼를 보러 극장으로 갔고
법원에는 어제처럼 송사가 밀렸고

그날도 노예들은 연자 멧돌을 돌렸고
대중목욕탕 화덕에 눈물 섞어 풀무질을 했고
우물에 손을 깊게 짚고 물을 길었습니다

그날도 유곽은 먼 나라 이웃 나라
칸칸이 각양각색의 그림처럼 채워졌습니다

2000년 전 그날
베스비우가 쏟아낸 시커먼 화산재가
하늘을 밀봉하여 덮어버린
어느 여름날도

오늘처럼 무더운 안개가 내린 날이었습니다

우리 앞에 조각처럼 가로 누운 사람은 아직도 생
생하게 말하고 있습니다
재와 안개와 흙더미에 쌓인 폼페이가 오늘처럼
가깝습니다

피렌체에서

낯선 발에 햇살에
뒤엉키는 반고비길
온몸에 단테를 품고
베아트리체를 향해 걷는다
삼나무 올리브나무 보볼리 정원
정오 지나 베키오 다리에 멈춰본다
인파가 인파에 부서지고
부서진 얼굴 흔들리는 아르노 강물에
단테 놓치고 영혼 없이 떠밀려 간다
지옥에서 연옥으로 처마 밑을 맴돌면서
행인에게 베아트리체 집을 묻자
은행 건물을 가리키고 그 속으로 들어간다
건물을 돌고 돌아 다시 베아트리체를 향해 걷는다

사람 사이 바람이 불고 어느새
조급하게 올라간 벼랑골목 위에
잊혀진 얼굴들 환하게 되돌아와 있다

영혼과 기억

-손필영의 시세계

신대철

깊고 추운 곳. 바람이 한밤처럼 부는 곳, 굽이굽이 흐르는 물도 웅크리면 얼어붙는 곳, 집주인 행적을 몰라도 아무 일 일어나지 않는 곳, 외진 곳, 잊혀진 곳, 버려진 곳, 영혼이 없는 곳, 그곳이 어디인가? 시인은 그곳이 현리라고 한다.

아침 해 뜨자 눈발이 벌 떼처럼 몰려와 햇살을 가린다. 찢어진 고무 다라이에서 눈살 찌푸리며 떨고 있는 누렁이, 줄에 매인 채 혓바닥으로 빈 그릇 돌려돌려 김 내며 핥는다. 바람은 한밤처럼 불고 주인은 며칠째 돌아오지 않고, 길도 돌아오지 않고, 굽이굽이

흐르는 물도 웅크리면 얼어버리는 현리.

—「현리」 전문

시인은 산속 외딴집의 궁핍한 겨울 풍경을 통해 정신없이 살아가는 우리의 일상적인 삶을 압축하여 보여준다. 강원도 인제군 현리가 이 시의 무대지만 시인은 현리를 집 한 채로 줄였다. 아름다운 풍광이 깃든 내린천 이름도 지워버렸다. 잘 길들여진 누렁이 하나 남기고 사람도 비웠다. 시인은 다만 냉혹한 생활 현장만 보여준다. 여기 시 속에 등장하는 현리는 맑은 내린천이 흐르는 인제 어느 궁벽한 곳이 아니고 살아 있는 것은 끊임없이 움직이고 몸부림쳐야 하는 곳이다. 우리 인간의 삶이 시작되고 끝나는 곳, 누렁이 같은 인간이 무엇에 얽매여 살아가는 곳, 영혼을 잃은 곳, 그곳이 현리다. 이제 더 얼어붙기 전에 물길을 따라 조금씩 시집 속으로 들어가기로 하자.

산이슬 젖은 눈빛승마,
흙 밀고 나오는 애기앉은부채,
그 꽃이 그 꽃 같은 궁궁이, 어수리,

동네 아이 이름 부르듯 꽃 이름을 불러본다, 계곡 따라 올라가며 풀꽃에 이름 붙였다 떼는 사이 풀꽃은 풀꽃대로 이름은 이름대로 피고 진다, 물길 흐르다 숨

어들다 끊긴 곳에서 바람에 끌려 올라서면 흩어졌던
꽃들이 잎 하나 흘리지 않고 먼저 올라와 환하게 맞이
한다,

　　은빛 껍질 벗는 거제수 옆에 저 꽃은?
　　꿈꾸는 듯 마구 번져가는 저 꽃은?

　　강선골 물줄기 잡고 곰배령에 올라
　　흰 구름 놓치고
　　놓치고 두둥실 피어나는 저 꽃들은?
　　　　　　　　―「흰 구름 놓치고 피어나는 꽃」 전문

　손필영은 독특한 시세계를 가진 시인이다. 그는
일반 서정시인들과는 다르게 정서의 자장보다는 정
신의 움직임에 초점을 둔다. 그의 정신은 정신 자신
이 대상으로 삼은 대상세계에 사로잡히지 않으려고
지속적으로 움직인다. 헤겔주의자들은 이러한 정신
의 움직임에는 부정성이 있다고 한다. 정신이 오직
정신에 대해서 부정성으로 존속하는 이러한 정신의
운동성은 정신이 그 자신을 고양시키기 위해 모든
대상세계의 자연성과 특수성, 그리고 제한성을 부
정한다는 것이다. 기독교인의 경우, 이러한 정신의

운동성은 인간의 정신이 신의 정신의 존재 양식이
될 때 가장 화해롭고 자유로운 상태가 될 것이다.
　손필영이 일상적인 자아에서 이상적인 자아로 복
귀하기까지 부단히 움직이는 것도 그의 정신의 존
재 양식을 드러내는 일일 것이다. 그는 자신의 인간
적 욕망에 의해 움직이는 자연적이며 감각적인 개
인성을 벗어나려고 한다. 어느 시를 보아도 사물과
사물 사이에 인위적으로 언어를 삽입하거나 언어에
체험을 입히거나 언어에서 그럴듯한 정서를 추출하
지도 않는다. 그의 궁극적인 시선은 사물의 현상에
있지 않고 현상 뒤, 혹은 그 너머에 있기 때문에 시
속의 사물은 있는 그대로 존재한다. 나무는 나무이
고 새는 새이고 바람은 바람이다. 나무가 새가 되거
나 새가 바람이 되지 않는다. 그러나 시적 순간이
오면 그의 시 속에 들어온 사물들은 시적자아의 움
직임을 낱낱이 드러낸다. 사물들은 사물 그대로의
개별적인 속성을 지니면서 서서히 정신의 단위로
바뀐다. 그는 역동적 상상력으로 사물을 변형시키
는 시적 사물관을 극복하여 그가 원하는 시적자아
에 이른다.
　인용시 「흰 구름 놓치고 피어나는 꽃」의 현장은
산상화원으로 잘 알려진 점봉산 곰배령이다. 외형

적으로 보면 시인의 체험은 일행과 함께 강선골을 지나 계곡을 끼고 야생화에 취하면서 곰배령 산상화원에 오른 게 그 전부다. 일반 기행시의 골격과 같다. 그런데 시인은 산상화원이 자연적으로 곰배령 꼭대기에 존재하는 게 아니고 강선골 길가에서부터 만난 산행 중의 야생화들이 꼭대기에 다 모여 산상화원을 이룬다고 한다. 시적자아의 마음의 움직임이 중요하다는 것이다. 그래서 시인은 자신이 황홀하게 만난 사물들의 개별적인 속성을 그대로 살려 그 하나 하나로 지상의 낙원 이미지인 산상화원을 만들고 그 산상화원을 통하여 그가 추구하는 상징적인 꽃천지를 보게 한다. 그의 시선이 옮겨가는 대로 불쑥 불쑥 피어나는 꽃들이 눈빛승마에서 애기앉은부채로, 다시 궁궁이, 어수리로 옮겨가다가 이 지상에 존재하지 않으면서도 바로 눈앞에 존재하는 꽃천지로 나아갈 때는 흰 구름 없이도 마음이 둥둥둥 떠오른다. 물론 이 흰 구름 놓치고 피어나는 꽃들은 대상세계를 버리고 맞이한 꽃들이다. 처음 등장한 시적자아로는 볼 수 없는 꽃들이다. 처음 등장한 시적자아가 "풀꽃에 이름 붙였다 떼는 사이", "풀꽃은 풀꽃대로 이름은 이름대로 피고 진다"는 것을 깨닫는 사이, 시인은 문득 새로운 자아

를 형성하여 그 자아로 그 꽃들을 볼 수 있는 것이
다. 그 꽃들은 지상에 은폐되었다가 시인이 명명할
때 현현하는 꽃들이 아니라 근원적인 것을 열망하
는 시적자아가 형성될 때 떠오르는 꽃들이다. 이때
"흰 구름을 놓치고" 인간도 꽃이 된다.

　손필영의 체험시는 「폼페이의 어느 날」에서처럼
설명적인 이야기로 서술된 경우에도 시인과 시적자
아가 밀착되어 있다. 체험이 진행형일수록 시인과
시적자아는 분리되지 않는다. 분리된 경우에도 시
인은 분리된 자아를 통합하여 새로운 자아를 형성
하고 그 자아를 자신의 자아로 삼는다. 이는 그의
자아가 매순간 이상적인 자아로 성장하면서 변화하
고 있다는 사실을 의미한다. 그의 시가 절정에서 중
층구조를 취하고 극화되는 것은 이 역동적인 자아
의 변화를 지탱하기 위한 것이다.

　다음 시 두 편을 보기로 하자. 「솔잎」은 죽은 새
를 동네 뒷산에 묻어주는 시인의 일상적인 체험시
이고 「태백산으로」는 백두대간 등반 체험시이다.
아주 다른 시 같지만 이 두 편의 시는 동일한 정신
구조와 시적 특성을 지니고 있다.

　팡, 유리창에 부딪히는

작고 보드라운, 주둥이 노란 새
손으로 감싸 안자 눈빛이 사라진다,
온몸에 찍히는 체온의 흔적,
새가 한 번도 날지 못한 하늘에
노을이 스친다, 아른거린다,

새를 돌려주려고 엘리베이터를 타고 내려간다, 동소
문동 주위를 헤매다가 내 몸에 도는 새의 체온이 흐르
는 쪽으로 소나무 밑으로 흘러가 본다, 물소리 같은 바
람소리 들리는 숲 속 끝으로,
새를 내려놓는다, 솔잎이 내린다, 솔잎 위에 솔잎이
내린다, 나도 내 위에 내리고, 툭, 툭, 그 위에 다시 내
리는 솔잎, 솔잎

—「솔잎」 전문

새소리에 빛이 흐르는군요. 각진 돌 각지게 섬은 돌
검게 밟고 가는 새벽, 돌길을 걸을수록 발바닥이 환해
집니다. 낙엽송 사잇길로 접어들면 허리까지 차오르는
산기운, 오늘은 이상하게도 내가 지나온 발자국이 다
시 앞에 놓입니다. 지나온 발자국에 새로 발자국을 찍
을 때 새소리도 중창으로 들립니다. 나뭇잎은 어린 가
지에 달려 연초록빛을 흔들고, 석회암 암반 밑을 흐르

는 물줄기를 찾아 능선을 넘어가는 마른 물소리. 주목
군락지에 들어서자 찬바람이 부는군요. 제 속을 비워
껍질을 만들어 그 껍질로 버티는 주목 때문일까요, 속
도 껍질도 없는 저 때문일까요. 다람쥐가 드나드는 주
목 속으로 들어가 앉으니 훈훈하군요. 서두르지 말라
고 하는군요. 이 지상에서 오래 살면 인간도 식물도 모
두 성을 벗어나는 것일까요. 산이 성큼 다가와 있군요.
　봉우리는 산자락을 거느리고 함백산으로 올라가 있
고 밋밋한 능선엔 앉은뱅이 철쭉천지. 산봉우리를 향
해 가려면 온 길을 다시 내려가야 하고 꽃봉오리를 향
해 가려면 기다려야 하는군요. 자, 기다리면서 내려갈
까요, 태백산으로.

—「태백산으로」 전문

　온몸에 새의 체온이 찍힌 시적자아가 소나무 아
래에 죽은 새를 묻어주는 「솔잎」의 마지막 장면은
예사롭지 않다. 시 속에 등장하는 "나"는 하나가 아
니다. "나"는 죽은 새를 덮는 솔잎처럼 무수히 많
다. 마지막 남은 새의 체온까지 묻으려고 시적자아
인 "나"는 온몸에 찍힌 새의 체온을 내려놓고 그 위
에 솔잎처럼 무수히 내리고 내린다. 시인은 무수히
많은 솔잎과 무수히 많은 "나"를 병렬시켜 솔잎 하

나에 생명과 죽음에 대한 심리적인 갈등을 서서히 가라앉힌다. 손필영은 시인과 시적자아의 관계를 거리 개념으로 인식하지 않고 형성의 관계로 성숙시켜 시인과 시적자아의 관계를 긴장 관계로 표현한다.

산봉우리와 꽃봉오리 사이에 있는 「태백산으로」의 시적자아도 「솔잎」과 유사한 자리에 놓여 있다. 함백산까지 가려던 시인은 태백산에서 산행 일정을 끝내기로 하고 마음을 추스른다. 태백산 정상에서 철쭉꽃을 보고 싶었지만 꽃봉오리는 아직 올라오지 않았고 함백산까지 가자니 시간이 부족하고 이러지도 저러지도 못하는 상황에서 시인은 함백산이 마치 태백산 산봉우리이고 철쭉꽃 봉오리인 것처럼 "자, 기다리면서 내려갈까요" 한다. 이 순간 무수히 기다리는 "나"와 무수히 내려가는 "나"가 존재한다. 시인이 태백산으로 갈수록, 그리고 시인의 감성의 층위가 바뀌고 대립될수록 "나"는 무수히 태어날 것이다. 이 시는 시인이 함백산을 바로 앞에 두고 아쉽게도 태백산에서 산행의 일정을 끝내면서 얻게 된 작은 마음의 갈등을 극화시킨 시이다.

손필영의 이러한 시적 특성은 1999년 조선일보 신춘문예 당선작 「빛을 기억하라고?」에도 그대로

나타나 있다. 그 후 10년 만에 나오는 첫시집에 그
특성이 그대로 유지되고 있다는 것은 그의 지상적
인 삶에 대한 정신적 갈등이 그대로 지속되고 있음
을 말해준다. 손필영은 현재 유행하고 있는 감각적
인 시인들과는 일정한 거리를 갖는다. 여성이면서
도 그의 시에는 전통적인 여성성을 내세우는 윤리
적 강령이 보이지 않고 가부장제도와 남성중심주의
에 대항하는 페미니즘적 요소나 말초적인 감각을
자극하는 에로티즘적 성의식도 보이지 않는다. 오
히려 그는 근대화 과정에서 파생된 이분법적 사고
에서 벗어나기 위해 역사적 삶의 현장에서 일어나
는 이념적 환상이나 억압적 충동으로 남아 있는 사
회적 무의식을 극복의 대상으로 삼는다. 그가 자연
중에서도 특히 산늪에 애정을 보이는 것도 원초적
인 세계의 순수성에 대한 그리움 때문이다.

　　골 돌아 골
　　나무 돌아 나무
　　안개에 잠기면서
　　나무 아래만 보고 걸었다
　　오를수록 높아지는 천성산,

화엄벌로 들어간 길은
토탄층에 빠져 나오질 않고
억새 흔들리는 소리만
마당바위를 들락거린다

살얼음 낀 양수막엔
숨 돋우는 도롱뇽 알,
물 돌고 피 돌기 전에
나도 늪에 맺힌다,
얼음 붙은 채
바람이 순을 튼다

—「천성산 늪에서」 전문

여름 늪은 사초와 오이풀 냄새로 푸르게 흔들리고
천지 빛 담은 비로용담 한 줄기 수평선처럼 향기롭다
바람 불 때마다 늪은 쏴아 나를 밀어낸다,

흙바람 따가운 기운,
돌아가라고 소리친다,

바람으로 흙으로 빚어지라고?
순결한 입김을 가져보라고?

한 인간을 만나보라고?

자연인으로 돌아가고 돌아가도
늪은 쏴아 나를 밀어낸다

—「용늪」 전문

해발 천 미터 가까이에 있는 산늪은 지상의 원형적 생태계가 그대로 보전되어 있는 고원습지이다. 이 습지엔 실고추잠자리와 물땡땡이를 비롯하여 물매화, 새우난, 삿갓사초 등 온갖 희귀 곤충들과 수서식물들이 4천 년 이상 진화되지 않은 채 원형을 그대로 유지하고 있다. 산늪의 생명체들은 일반 산야에 있는 생명체들과 비교할 수 없을 만큼 조그맣다. 실고추잠자리, 물땡땡이, 통발, 끈끈이주걱 같은 일부 생명체들은 일반 산야의 생명체들과 같은 종이라 하더라도 다른 종 같이 느껴질 정도이다.

시인은 진화되지 않은 채 원시적 모습을 유지하고 있는 산늪의 생태적 조건 속에서 근대 정신에 빼앗긴 원초적 자아를 다시 생성시킨다. 시인은 그 신생의 순결을 "살얼음 낀 양수막"의 도롱뇽알처럼 "물 돌고 피 돌기 전에/나도 늪에 맺힌다"고 표현하고 있다. 그러나 원초적 자아 생성 과정은 그리 쉽지 않다. 산늪은 쏴아 나를 밀어내면서 자아의 질적 변화를 가지라고 소리친다. 바람으로 흙으로 빚어지라고, 순결한 입김을 가져보라고, 한 인간을 만나보라고. 여기서 말하는 "한 인간"은 물론 인간 일반을 지칭하는 것이 아니고 신이면서 인간이었던 예수 그리스도를 의미한다.

등단 경력 10년 안팎의 시인들 중에 손필영처럼 일관된 정신을 보여주는 시인도 드물 것이다. 소재에 따라 정신이 바뀌고 감수성이 변질되는 젊은 시인들의 시와는 달리 그의 시는 소재와 주제가 무엇이든 대부분 기독교 정신을 보여준다. 이 첫 시집에 수록된 65편의 시들 중 기독교를 주제로 한 시들은 「나는 62년식」, 「빛을 기억하라고?」, 「피렌체에서」 등 수편에 지나지 않지만 산늪시나 친환경적인 생명시들은 모두 그 연장선상에서 나온 시들이다. 그의 첫 시집에 수록된 시들이 이와 같이 기독교와 깊이 관련을 맺고 있다고 말하는 것은 그의 시가 그만큼 가치 있다고 말하기 위해서 하는 말이 아니다. 기독교를 바탕으로 한 시집의 가치는 시의 양식적 특성을 버리고 기독교 정신의 용적만 가지고 평가할 수 있는 것도 아니고 그렇게 잴 수도 없는 것이다. 여기서 말하고자 하는 것은 그가 구체적인 신앙

체험을 살려 시를 쓸 때마다 신앙인으로서의 시인
의 존재를 자각하고 있다는 점이다.

키르케고르는 『죽음에 이르는 병』에서 미학이 무
엇이라 하든 시인의 생활방식은 모두 죄라고 한다.
시인은 일반적으로 영원을 동경하고 신을 사랑하
지만 선과 진을 상상으로 표현하여 신을 변형할 뿐
만 아니라 자신이 체험한 절망을 신 앞에 내놓지
않고 자신이 소유한다는 것이다. 그래서 키르케고
르는 시인이 아무리 종교적인 묘사를 잘하고 절망
을 절실하게 표현한다 해도 신 앞에 그 절망을 내
놓지 않는 한, 다시 말해서 인간적 자아에서 벗어
나지 않는 한, 시인은 죄를 벗어날 수 없고 실존적
신앙인이 될 수 없다고 경고한다. 그러나 이러한
일반 시인도 영원이 돌입해 들어오는 순간을 맞이
하면 새로운 존재로 태어난다. 키르케고르는 이 순
간을 "그분이 존재하는 때, 즉, 의로운 분, 순간의
사람이 존재하는 때"라고 하는데 이 순간맞이를 통
해서 인간은 존재의 비약을 체험한다. 이 신성한
존재 비약은 성경구절을 통해서 체험되기도 하고
야콥 뵈메, 썬다 싱, 베르쟈예프 같은 이들처럼 빛
을 통해 체험되기도 한다. 만일 일반 시인이 이런
존재 비약의 체험을 할 수 있다면 마침내 자기 시

대인으로 살지 않고 그리스도와 동시대인으로 살
기 시작하게 될 것이다.

　손필영은 그리스도와 동시대인으로 살려고 하는
시인이다. 그의 초기시 가운데 하나인 「나는 62년
식」에는 그의 인간적인 삶과 시대적 환경에 대한
자기인식이 엿보인다.

먼지와 구름을 뒤집어쓴 전차 종점을 배경으로

나는 제조되었나 62년식으로

돈암동 산 127번지에서 평해 자손으로

일월산 능선 한 줄기를 휘감고

나는 제조되었나 음력 일월 십삼일

광속을 꿈꾸기 위해?

(오늘은 영하 3도, 시동이 걸리지 않는다)

나는 62년식, 감정은 수동,

백미러에 먼지와 구름을 뒤집어쓴

전차 종점을 평해를 일월산을 스쳐 보낸다,

언제나 비정상 속도에 취해

최루탄 가스에 싸여 표지판도 없이

지금까지 몇만 킬로를 달려왔는가

62년식에 취해
무수히 많은 나 사이를 드나들며

나도 모르게
록과 비틀즈와 베트남과 충돌하며
아폴로 11호와 함께 달에 연착륙,
마침내 계수나무와 토끼는 사라지고
단 하나만 남는 나

내가 왔던 곳보다 더 오랜 곳으로 가고 싶다, 지나온
길 지나갈 길 잇고 이어 할아버지의 피가 도는 일월산
일월을 넘고 넘어

—「나는 62년식」 전문

　시인의 감정과 육성이 극도로 제어된 이 시는 처음부터 독자를 긴장시킨다. 시인이 자신을 자동차나 포도주처럼 62년식 제품이라고 규정하기 때문이다. 그러나 행과 행 사이에 시속과 광속의 의미의 대비가 생기고 시인의 의식의 지향점이 드러나면서 시인의 연식은 세계관으로 바뀐다. 시인은 자신의 삶이 근원적 실재성에 의하지 않고 인간의 지성이 임의로 선택한 기계론적 세계관에 의해 조립되었음을 밝히기 위해 62년식이라는 개념을 사용한 것이다. 그런데 놀라운 것은 62년식의 삶이 인간 일반의 삶과 조금도 다르지 않다는 것이다.

이 시를 통해 보면 시인은 1962년 음력 1월 13일 서울 돈암동 산 127 번지에서 평해의 자손으로 태어나 "언제나 비정상 속도에 취해/최루탄 가스에 싸여 표지판도 없이" 달려왔다고 한다. 시인이 격변기의 역사적 과정을 생략하고 아무런 수식 없이 툭, 툭 내어놓는 물질화된 언어들이 영혼의 걸림돌처럼 문맥을 막았다가 열어놓는다. 특히 시인의 순수영혼과 메탈영혼과의 만남을 극적으로 처리한 3연, "록과 비틀즈(NASA는 Beatles의 명곡 〈Across The Universe〉를 북극성을 향해 쏘아 보냈다)와 베트남과 충돌하며" 같은 표현에 이르면 그의 지상적인 삶에 대한 위기감은 절정에 이른다. 지상적 삶에 대해 인식 주체가 인식 대상으로서의 "나"와 마주 서서 벌이는 이 정신의 모노드라마는 과학 문명의 세계도 지상적 인간이 주도하는 한 근원적인 우주창조의 질서와 그 신비를 훼손시킬 뿐임을 암시적으로 보여준다. 결국 이 모노드라마는 인식 주체인 나만 남긴다. 그리고 그 인식주체는 "내가 왔던 곳보다 더 오랜 곳으로 가고 싶다"고 한다. 내가 왔던 곳보다 더 오랜 곳이란 어디일까?

그곳이 어디인지 시인은 명확히 밝히고 있지 않지만 그곳은 인간적이고 시대적인 것 일체를 벗어난 곳일 것이다. 그리 가는 길은 그렇게 단순한 길이 아니다. 그는 인간이 만든 역사적 환경과 세속화된 욕망은 물론이고 혈연까지 벗어나야 하고 "무수히 많은 나 사이를 드나들"어야 한다. 그리고 인간적 삶의 조건인 시속을 초월해 "광속"을 꿈꿔야 한다. 시인의 이러한 의식은 그의 의식이 시간으로부터 영원을 향해 이행하고 있다는 사실을 말해준다.

아직 이 시에는 영원을 동경하는 존재에의 고독과 자기 확인만 드러나 있을 뿐 그리스도와 동시대적으로 살아가려는, 키르케고르 식으로 말하자면 그리스도를 승인하였을 때 받게 되는 고통을 있는 그대로 체험하려고 하는, 시인의 동시대적인 삶의 의지는 나타나 있지 않지만 그의 등단작에 이르면 그 의지가 구체화되기 시작한다.

그의 등단작 「빛을 기억하라고?」는 그가 선택한 삶을 가장 집약적으로 보여주는 시이다. 이 시는 가난한 일상인들의 삶에 대한 따스한 사랑과 존재에의 자각을 일깨우는 시인데 그의 생관에 비춰보면 시의 포인트는 뒤에 있다. 시인은 어두운 일상생활

에 묻힌 근원적인 빛을 기억하여 신앙인으로서의
생의 변용을 열망하고 있는 것이다.

　　1

　소백산 양지 자락에서 가을까지 벌을 모으다 윙윙거
리며 돌아온 벌통집 산 5-707호.
　새우잡이 떠난 아버지를 기다리며 멍텅구리배에 떠
있는 708호
　하루종일 방에 들어앉아 감감 무소식을 감감 희소식
으로 바꾸고 수틀마다 물소리에 야생화를 촘촘히 수놓
고 벼랑 끝에 자리잡는 710호, 711호.

　　2

　東大門에서 東小門으로 가시는 길을 아시나요. 뒷길
로 벼랑을 끼고 몸 하나 간신히 빠져나가는 돌동네로
오시면 거기서 가깝습니다. 마주 오는 사람끼리 비켜
서지 않고 서로 스며들면 바로 거기가 東小門洞이지
요. 그곳은 해가 동네사람 하나 하나를 다 거쳐야 산을
넘어갑니다.

제가 처음 이곳으로 왔을 때는 東小門을 들어가지
못하고 그 문전에서 어른거렸습니다. 자전거를 타고
가는 계란 아저씨와 야쿠르트 아주머니는 서로 스며
東小門에 들어섰습니다. 아무 일도 일어나지 않았습니
다. 자전거는 아래로 내려가고 아주머니는 언덕을 올
라가고.

두부 할아버지가 종소리를 앞세워 저쪽 골목 끝에서
오고 있습니다. 모판에 그대로 핀 서광꽃도 종소리에
맞춰 일렁거리고, 나도 그 소리에 맞춰 걸어갑니다. 할
아버지와 내가 서로 스며들다 보니 할아버지의 왼쪽
가슴이 무척 밝았습니다. 아직 해를 품고 계시군요. 어
느새 나도 東小門洞 주민이 된 것일까요. 가늘게 뻗쳐
오는 황금빛 한 줄기.

3

잠들어도 시간에 쫓기는
나는 709호에 살고 있네요
구민회관 옆 넓은 마당을 좁게 걸어 돌아오면
706-7-8호로 기울던 해가 710-11호로 줄지어 넘
어가네요

709호는 거치지 않네요, 빛을 기억하라고, 빛을 내
라고?

—「빛을 기억하라고?」 전문

이 시는 생활 속에서 우러난 신앙시이다. 시가 꺾
이고 꺾인다. 행정구획의 단위로 읽히던 동대문구
와 동소문동이 병치되어 대립관계를 이루면서 아파
트와 산동네로 분리되고 다시 일상인과 신앙인으로
구별된다.

우선 아파트와 산동네의 지리적 조건은 평지와 돌
산, 넓은 길과 벼랑길 등으로 구분되겠지만 삶의 조
건은 크게 다르지 않다. 벌통집과 새우잡이집과 야
쿠르트 아주머니와 계란 아저씨는 아파트나 산동네
어디서든 만날 수 있는 사람들이다. 두 동네의 주민
을 가르는 것은 지리적 위치가 아니라 소외와 사랑
이다. 시인은 소외와 사랑으로 두 동네를 구분한다.
두 동네의 차이는 아파트에 사는 시인이 산동네로
들어가면서 확연해진다. 아파트 주민이 "하루종일
방에 들어앉아 감감 무소식을 감감 희소식으로 바
꾸고" 소외된 채 불안스레 지내는 사이 산동네 주민
들은 몸 하나 간신히 빠져나가는 벼랑길을 비켜서
지 않고 "서로 스며" 지나간다. 시인 자신도 이미 해

해설 133

가 졌지만 왼쪽 가슴에 밝은 빛을 지니고 있는 두부 할아버지를 만나 "가늘게 뻗쳐오는 황금빛 한 줄기를" 받는다. 서로 스며들지 않으면 받을 수 없는 이 "황금빛 한 줄기"를 통해 시인은 자신의 존재를 밝히는 삶의 지향점을 확인한다. 그 지향점으로 가려면 그는 시인으로서 빛을 기억하고 빛을 내야 한다. 그런데 빛을 기억하고 빛을 내는 일이란 무엇인가? 일상생활 속에서 독실한 신앙인이 되는 일이다. 이 시의 제목으로 삼은 끝행을 고려해보면 시인은 그동안 인간 일반의 세속적인 삶에 묻혀 있었던 것 같다. 인간 일반의 삶 깊은 곳에 잠재해 있는 죄의식과 어두운 충동에 둘러싸여 살아온 것이다. 그래서 시인은 기우는 해가 706호에서 11호까지 한 집 한 집 줄지어 넘어가는 동안 자신의 집인 709호는 거치지 않는다고 말하는 것이다. 여기 나타난 해는 물론 기독교 시인들의 시에 자주 나타나는 사랑과 은총의 그리스도를 상징하는 해이지만 손필영은 그 어느 시인보다 더 구체적으로 실감나게 표현하고 있다. 이 시가 점차 과거에서 벗어나 소박한 실재론에서 참된 실재론으로 나가고 있는 것은 궁극적으로는 인간이 과거로부터 오지 않고 미래로부터 오는 존재이며 하나님 안에 중심을 둔, 하나님의 사랑의 대상임을 고백하고 이를 증언하기 위한 것이다. 삶의 질적 변화를 아름답게 표현한 이 스밈과 해의 상징적 의미에 의해 단순히 행정구획에 지나지 않던 東大門과 東小門은 반어적인 의미가 된다. 동대문이 무의미한 인간 일반의 객체화된 삶을 표상하는 것이라면 동소문은 그리스도와 동시대적으로 살려고 하는 주체적인 삶을 표상하는 것이다. 이 시의 장면 하나하나는 마치 시인이 신앙인의 길로 들어선 직후의 생생한 체험을 담은 고백시 같다.

시인의 일상적 삶의 순간들을 폼페이 최후의 날과 관련시킨 「폼페이의 어느 날」이나 지옥과 연옥을 드나들다 영혼을 회복한 「피렌체에서」에는 그의 생관이 좀 더 명료하게 표현되어 있다.

우리 앞에 조각처럼 가로 누운 사람은 아직도 생생하게 말하고 있습니다
재와 안개와 흙더미에 쌓인 폼페이가 오늘처럼 가깝습니다
　　　　　　　　　　　　—「폼페이의 어느 날」 부분

낯선 발에 햇살에
뒤엉키는 반고비길

온몸에 단테를 품고

베아트리체를 향해 걷는다

삼나무 올리브나무 보볼리 정원

정오 지나 베키오 다리에 멈춰본다

인파가 인파에 부서지고

부서진 얼굴 흔들리는 아르노 강물에

단테 놓치고 영혼 없이 떠밀려 간다

지옥에서 연옥으로 처마 밑을 맴돌면서

행인에게 베아트리체 집을 묻자

은행 건물을 가리키고 그 속으로 들어간다

건물을 돌고 돌아 다시 베아트리체를 향해 걷는다

사람 사이 바람이 불고 어느새

조급하게 올라간 벼랑골목 위에

잊혀진 얼굴들 환하게 되돌아와 있다

—「피렌체에서」 전문

　　피렌체는 영혼의 순례자인 단테의 고향이다. 단테는 『신곡』(지옥편 제23곡)에서 "내가 태어나 자란 곳은 아름다운 아르노 강변의 큰 도시"라고 노래하고 있다. 이 시에 나오는 베키오 다리는 피렌체의 아르노 강에 놓인 여러 다리 가운데 하나이다.

이 다리는 단테가 베아트리체를 처음 만난 곳(화가 로세티의 그림에서 유래되었다고 함)으로 유명한데 이 다리는 중세 때부터 보석 가게들이 성행하여 언제나 사람이 붐비는 곳이다.

시인은 "삼나무 올리브나무 보볼리 정원"을 거쳐 베키오 다리에 이른다. 여기서 인파에 떠밀려 단테 놓치고 처마 밑을 맴돌면서 영혼 없이 밀려간다. 시인은 베키오 다리에서 단테 알리기에리가(街) 뒷골목, 가내 봉제공장이 들어선 침침한 뒷골목 단테의 집에 이르기까지, 그리고 그 골목 끝 큰길가의 베아트리체집에 이르기까지 고생을 많이 한듯 지옥과 연옥을 맴돌았다고 한다. 죄의 상징인 숲속에서 절망에 빠진 단테가 베르질리우스를 만나듯 시인은 행인을 만나 베아트리체 집을 묻는다. 행인이 은행 건물을 가리키고 그 속으로 들어가자 시인은 건물을 돌고 돌아 마침내 혼미한 상태에서 깨어나 잃었던 영혼을 되찾는다. 세속적 생활의 상징인 은행건물이 『신곡』을 향한 시인의 반고비 나그네길을 되돌려놓은 것일까? 그때 시인의 영혼과 함께 환하게 되돌아온 그 얼굴들은 누구였을까? 시인의 기억 저편에 묻혔던 어린 시절의 "벙어리 친구"(「유리사슴발」)나 "다릴 저는 친구"(「빗방울화석」)일 수도 있고 백두대간을 타다 육십령에서 조우한 빨치산 오영수(「언 봉우리」), 혹은 시집 여기저기에 등장하는 소외된 존재들일 수도 있을 것이다. 그의 시가 점차 구체적으로 사랑의 빛을 띠면서 폭넓게 확장되고 있는 것은 나날이 깊어지는 일상 속에서의 신앙 체험과 관계 있을 것이다. 생활을 벗어난 곳이라도 「폼페이 최후의 어느날」이나 「피렌체에서」 같은, 서로 상반된 여행 체험들도 그의 정신의 운동성을 높여 줄 것이다.

최근 그의 관심은 비극적인 민족의 분단 문제(「타 버린 길」)와 인권 사각지대에서 사물화 되어가는, 혹은 깃들 데 없는 외국인 근로자 문제(「나무 안으로」)에까지 미치고 있다.

이른 봄 적근산 앞에 서면 구름 따라 둥둥 피어나는 산능선들. 마른 가지에 달랑거리는 초록빛 벌레집들, 늙은 도마뱀 하나 꼬리 흔들고 사라진다. 대성산 저 귀퉁이산은 국망봉? 일행들은 망원경을 빌려 빙빙 둘러본다. 적근산 꼭대기에선 어디를 향해도 잘라진 능선, 갈라진 길, 며칠째 불타고 있는 비무장지대, 지나온 길 다 타버리고 새움 돋는다면?

아침리,
더 북쪽은 아아,
봄물 오르는 듯 푸른 아지랑이

　　　　　　　　　　　—「타버린 길」 전문

인천 남동공단
빵 공장에서 온
인도네시아 청년
유리 공장에서 온 중국 청년
나무 공장에서 온 인도 청년

"저게 뭐에요?" 12월에 고향에 간다는 인도 청년이
아이처럼 물어본다, 사람밖에 없는데,
　그가 가리키는 것은 사람이 아니다, 사람 뒤에 서 있
는 품이 넉넉한 소나무
　"소나무요? 겨울에도 푸르다구요? 우리 고향에는
저 나무 같은 새도 바위도 많아요"

그들 옆에서
우리는 새도 바위도 나무도 아니었을까?

사람 사이에 끼어드는 흙먼지를 뒤집어쓰고

그는 땡볕 속에 서 있다가
송화가루 날리는 소나무 안으로 들어간다
두 청년도 따라 들어간다 나란히
소나무 안으로, 소나무 안으로
사람들은 보이지 않고
가까이 갈수록 소나무도 보이지 않는다

—「나무 안으로」 전문

　시인은 이른 봄 남쪽 한북정맥의 시발점인 적근산에 올라 불붙은 비무장지대를 바라보며 "지나온 길 다 타버리고 새움 돋"기를 소망(「타버린 길」)하는가 하면 우연히 만난 외국인 노동자들과의 대화를 통해서 우리 사회가 외국인 노동자들에게 새나 바위나 나무 한 그루만큼의 정서적인 품도 없다는 사실을 깨닫고 적어도 그 정도의 정서적인 품이라도 지니기를 소망하기도 한다. 그는 인간을 위한 세계가 세계를 위한 인간으로 바뀐 현실에 좌절하거나 절망하지 않고 낮은 자세와 사랑의 품을 유지한다. 여기엔 인간과 인간이 만든 세계를 인간이 구원할 능력이 없다는 사실을 전제하고 있는 것이다. 그는 정신적 차원에서의 영혼의 선재를 믿고 역사는 역사적 시간에서 실존적 시간으로 옮겨갈 수밖에 없다고 본다. 베르쟈예프는 『거대한 그물』에서 이런 필연적인 귀결을 "타락한 시간에 대한 승리", "영원성으로부터 시간 속으로 흘러드는 에네르기로서의 기억의 승리"라고 한다. 물론 에네르기로서의 기억도 객체화 할 수 있는 가능성을 지니고 있지만 베르쟈예프는 이 순간에도 기억은 "타성(他性)을 가져오는 힘이 된다"고 한다. 타성은 이질적인 것, 다시 말하면 시간을 극복할 수 있는 초월성을 뜻하는데 시인이 「집안에서」, 「승사하를 건너며」, 「상팔담 물빛」 등에서 남북의 대립 문제를 사랑의 빛과 미소로 화해시키고자 하는 것도 타성의 힘인 영성을 믿기 때문일 것이다.

　손필영이 앞으로 자신의 시세계를 어떻게 펼쳐 갈지 알 수 없지만 10년 만에 나온 그의 첫 시집은 아주 신선하고 깊은 울림을 준다. 이 울림은 그의 시가 기독교적인 주제를 다루지 않은 시에서도 기독교 정신을 보여주기 때문만은 아니다. 그는 희곡 전공자답게 생체험에서 나온 각성된 자아를 통하여 삶의 현장을 생생하게 재조직하는 창조적인 구성력을 지니고 있을 뿐만 아니라 대립된 언어와 언어 사이의 간격을 스푸마토식으로 처리하여 생관이 다른 독자의 마음을 사로잡는 힘도 지니고 있다. 백두대간 현장 체험시들은 그 대표적인 예가 될 것이다. 아직 체험 중이므로 여기선 전모를 다루지 않았으나 대간시 중 「교행」, 「고요해지는 능선」, 「언봉오리」, 「실폭 가는 길」 등에는 그 골격이 잘 드러나 있다.

겨울 나무 사이를 걸어
냇가에 닿았습니다

날지 않고 징검다리로 건너가는 박새들
날지 않고 징검다리로 건너가는 잎새들

나는 네 발로 걸어서 물 건너고
두 발로 섰습니다, 그 순간
내 몸속으로 원시인이 숨어버립니다
이 아침 어딜 가시죠?
실폭 찾아갑니다
처음 듣는 사냥감이군요, 굴에 있나요?
절벽에 있습니다, 같이 가시죠

두 발로 기며 가는 길
맑은 햇살이 얼음 위에 네 발 그림자를 비칩니다.

—「실폭 가는 길」 전문

실폭은 설악산 대승폭포 맞은편에 있는 폭포이
다. 얼음이 얼면 실폭은 말 그대로 하얀 실타래 같
은 빙폭(하단 30m, 상단 25m)이 된다. 폭은 작아
도 음지에 걸려 있어 한계령 일대의 빙폭들 중 가장
먼저 얼고 늦게 녹아 빙폭 등반자들이 자주 찾는 곳
이다. 대간길 구간 산행 중 장수대에서 일박한 듯
시인은 이른 아침에 겨울 나무 사이를 걸어 새와 잎
새와 함께 냇물을 건너다 특이한 체험을 한다. 체험
당시 바람이 불었던 것일까? 새와 잎새는 미끄러운
징검다리를 날지 않고 펄럭펄럭 건너가고 시인은
두 다리로도 모자라 네 다리로 건너게 된다. 아마
엉금엉금 기어 건넜을 것이다. 징검다리를 건너는
동안 시인은 자신이 문득 새도 잎새도 인간도 아닌
원시인처럼 느껴져 갈등을 갖기 시작한다. 내 안에
있으면서 타자인 원시인을 현존관계로 이해하면서
시인은 원시인과 정신적인 유대를 갖는다. 다시 말
하면 현실적 자아와 원시적 자아, 두 이질적인 자아
가 현존의 존재 가치인 나와 너의 관계가 된다. 시
속의 현실적 자아인 내가 원시적 자아인 너의 세계
에 참여함으로써 먹이를 구하기 위한 시간과 여가
를 즐기기 위한 시간은 자연스럽게 결합된다. 이 과
정을 통해서 현실적 자아인 내가 여가를 먹이로 삼

아야 하는 시대에 살고 있음을 인식하게 된다. 다음 극적인 대화는 아주 인상적이다.

이 아침 어딜 가시죠?
실폭 찾아갑니다
처음 듣는 사냥감이군요, 굴에 있나요?
절벽에 있습니다, 같이 가시죠

실폭을 사이에 두고 양극에서 힘을 당겼다 놓는 두 자아 간의 대화는 행복한 관계를 유지하고 있다. 실폭을 사냥감으로 생각하는 원시적 자아와 빙폭 타기를 생활의 일부로 받아들이는 현실적 자아와의 극적인 대화는 움직임 하나하나가 삶의 시간과 직결되던 그때로부터 시인이 천천히 기어 나와 낯선 시간과 끊임없이 마주설 힘이 생겼기 때문에 가능해진 일일 것이다. 시인은 두 자아의 극적인 만남을 유머스럽게 표현하고 있지만 사실은 모든 가치가 형성되는 생활환경으로부터 점점 멀어지고 있는 우리 삶의 양식의 변화를 날카롭게 지적하고 있는 것이다. 그래도 시인이 마음의 갈등을 지닌 채 실폭을 향해 가고 있는 것은 빙폭 등반을 통해서 일상에 묻힌 인간의 한계의식에 도전하고 싶었기 때문이었을 것이다. 그보다는 여가 시간 중 도전의식을 생활의 일부로 받아들여 생에 활기를 주고 싶었기 때문이었을 것이다. 시 마지막 부분까지 두 자아가 원시인과 문명인으로 분리되지 않고 통합되어 있는 것은 그 점을 다시 일깨운다. 두 자아가 원시인과 문명인으로 개념화되고 분리되었더라면 이 시는 시인 자신을 희화화한 극적인 아이러니시로 바뀌었을 것이다. 시인은 여기서 한 걸음 더 나아가 두 자아를 사랑과 인격의 관계로 뭉쳐놓아 새로운 자아를 형성시키고 있다.

이 시는 그의 시적 특징인 극적인 상황, 중층구조, 간결한 표현 등이 잘 맞물린 시이다. 주위 풍경을 지문으로 처리하고 두 자아의 움직임을 극화시킨 대화 장면이 속도감이 있고 아주 깔끔하다. 시의 리듬을 조절하는 능력도 탁월하다. 끝부분 "두 발로 기며 가는 길"은 두 발로, 네 발로 가는 길이므로 '두 발로/기며 가는 길'로 읽어야 할 것이다. 리듬을 타고 읽을수록 두 자아 사이에서 시인이 갈등을 느끼고 화해하며 실폭을 향해 가는 얼음길이 강렬하게 다가온다.

다음 시집에서 기독교의 본질인 사랑의 빛이 얼음길과 "네 발 그림자"를 어떻게 변화시킬지 알 수

없지만 다양한 체험을 통해 정신을 구체화한 이 시
집만으로도 한 시인으로 성장할 수 있는 개성적인
힘이 느껴진다. 손필영은 이제 이 얼음길에서 새로
걷기 시작할 것이다. 솟구쳐 흐르는 대간을 타고 연
둣빛 바람 속에 머물다 부드럽고 낮은 음성에 오래
귀 기울이기도 할 것이다.

(시인 · 국민대 교수)

빗방울화석 시선 2

빛을 기억하라고?

초판 1쇄 인쇄 2008년 4월 10일
초판 1쇄 발행 2008년 4월 15일

지은이 손필영
펴낸이 조재형

펴낸곳 도서출판 빗방울화석
주소 경기도 파주시 교하읍 문발리 파주출판도시 535-7
전화 031-955-4417　팩스 031-955-4418
전자우편 raindrop_1@naver.com
블로그 http://blog.naver.com/raindrop_1

등록 2004년 12월 13일(제300-2006-188호)

ⓒ손필영 2008
ISBN 978-89-9600351-9 03810